26 AVRIL 1889

PN

AF459775

COLLECTION

ERNEST ODIOT

EX LIBRIS LEMARIE

annoté d'après l'ex. de H. Stettiner

ADDITVS

COLLECTION

ERNEST ODIOT

PARIS. — IMPRIMERIE DE L'ART

E. Ménard et Cie, 41, rue de la Victoire

CATALOGUE

DES

OBJETS D'ART

Et de Haute Curiosité

TABLEAUX ANCIENS

Composant la Précieuse Collection

DE

M. ERNEST ODIOT

ET DONT LA VENTE AURA LIEU

HOTEL DROUOT, SALLE N° 8

Les Vendredi 26 et Samedi 27 Avril 1889

A DEUX HEURES

COMMISSAIRE-PRISEUR

Me **PAUL CHEVALLIER**, 10, rue Grange-Batelière, 10

EXPERTS

M. CHARLES MANNHEIM — 7, rue Saint-Georges, 7.

M. EUGÈNE FÉRAL — 54, Faubourg-Montmartre, 54.

EXPOSITIONS

PARTICULIÈRE : *Le Mercredi 24 Avril 1889, de 1 h. à 5 h.*

PUBLIQUE : *Le Jeudi 25 Avril 1889, de 1 h. à 5 h.*

Don S. de Ricci

D 05412

CONDITIONS DE LA VENTE

Elle sera faite au comptant.

Les acquéreurs payeront, en sus des adjudications, *cinq pour cent* applicables aux frais.

L'exposition mettant le public à même de se rendre compte de l'état des objets, il ne sera admis aucune réclamation une fois l'adjudication prononcée.

Paris. — Imp. de l'Art, E. MÉNARD et Cie, 41, rue de la Victoire.

ORDRE DES VACATIONS*

PREMIÈRE VACATION

Le Vendredi 26 Avril 1889

Sculptures en ivoire	Nos	21	à	33
Sculptures diverses	—	34	à	42
Émaux champlevés.	—	43	à	49
Émaux peints.	—	50	à	56
Orfèvrerie religieuse en argent doré.	—	57	à	60
Orfèvrerie religieuse en cuivre doré.	—	61	à	66
Faïences	—	67	à	83

DEUXIÈME VACATION

Le Samedi 27 Avril 1889

Tableaux.	Nos	1	à	20
Bronzes d'art.	—	84	à	86
Dinanderie	—	87	à	95
Médailles.	—	96	à	101
Objets orientaux en cuivre	—	102	à	104
Objets variés	—	105	à	112
Meubles et boiseries	—	113	à	129

* L'ordre numérique ne sera pas suivi.

Désignation des Objets

TABLEAUX

BOSCO

(XVe SIÈCLE)

1 — *L'Adoration des Mages.*

La Vierge, assise sur la droite, les cheveux blonds bouclés tombant sur les épaules, est vêtue d'une robe bleue, en partie couverte par un ample manteau gris. Elle tient l'Enfant qui tend ses bras pour saisir un vase d'or que lui présente l'un des mages : ce dernier, vêtu d'une robe grenat, ayant posé à ses pieds sa couronne, se penche respectueusement devant l'Enfant Jésus. Le mage asiatique, vêtu d'une robe de brocart, se dispose à lui présenter l'encens. Le mage d'Éthiopie, portant un maillot avec justaucorps bleu, prend le vase de myrrhe que lui présente un esclave.

Saint Joseph, debout derrière la Vierge, regarde cette scène, appuyé sur un pan de mur. Trois petits anges voltigent au-dessus, chantant des louanges. Tous ces personnages sont dans un bâtiment en ruines, de style gothique : par la fenêtre cintrée et une porte se trouvant sur la gauche, on aperçoit un paysage animé par de nombreux personnages ; on remarque les soldats et les serviteurs qui accompagnaient les mages, montés sur leurs chevaux et les faisant boire au bord d'une rivière.

Dans le fond, la ville de Jérusalem.

Ce tableau, d'une remarquable finesse et d'une conservation parfaite, porte dans l'angle, à gauche, la signature *El Bosco, fe*, artiste de la seconde moitié du xve siècle, dont nous n'avons pu trouver trace dans aucune biographie. Ce nom de Bosco serait-il une variante du nom de Bos ou Bosch (Van Acken), célèbre peintre et graveur, mort à Bois-le-Duc, en 1516 ?

Bois. Haut., 65 cent.; larg., 72 cent.

FRANCESCA

(Attribué à PIETRO DELLA)

1410 † 1494

2 — *Portrait de femme, de grandeur naturelle.* 6000 / 13500 Straus

Vue en buste, la tête de profil, tournée vers la gauche. Cheveux châtains, cachés par un mouchoir contournant la tête ; elle porte un corsage vert décolleté, à manches rouges, lacé sur la poitrine.

Belle et curieuse peinture, ayant le grand style des maîtres italiens de la Renaissance.

Exécution ferme, physionomie expressive et vivante.

Cadre à chapiteaux, décoré, entre les moulures, de figures et ornements se détachant en blanc sur fond doré.

Bois. Haut., 46 cent.; larg., 30 cent.

FOUCQUET

(Attribué à JEHAN)

(XVe SIÈCLE)

3 — *Le Calvaire et le Retour de l'Escorte.* 500 / 540

Au premier plan, l'escorte, composée de cavaliers et de gens à pied, couverts d'armures ou de riches costumes. Dans le fond, sous un ciel sombre, le Calvaire et le Christ en croix, entre les deux larrons ; au pied de la croix, la Vierge, les disciples, divers personnages et des cavaliers.

Ravissante miniature, sur vélin, d'une grande finesse, attribuée à Jehan Foucquet et reproduite par Curmer, en plus grande dimension, dans l'œuvre du célèbre peintre miniaturiste de Charles VII et de Louis XI.

Cette miniature provient d'un livre d'Heures. Au verso est écrit, en caractères gothiques très fins, le commencement d'un évangile.

Vente des manuscrits et miniatures de M. Ambroise-Firmin Didot, juin 1884, n° 67 du Catalogue.

Haut., 123 millim.; larg., 95 millim.

GOES (?)

(HUGO VAN DER)

ET PORBUS

(FRANZ) LE VIEUX

4 — *Triptyque.*

Le tableau central, attribué à Hugo Van der Goes, représente :

La Vierge assise sur un banc de jardin, vue de face et richement vêtue, tenant l'Enfant Jésus sur ses genoux et s'apprêtant à lui donner le sein.

La figure de la Vierge se détache sur un fond de

paysage avec rivière, arbres, château fortifié et personnages en costumes du temps de Charles VIII.

Les volets, qui sont postérieurs au tableau central, sont attribués à Franz Porbus, le vieux ; ils représentent :

1° Le volet de gauche :

Un vieillard à longue barbe blanche, portant une riche armure et par-dessus, une cotte d'armes blasonnée. Il est agenouillé, les mains jointes, devant un prie-Dieu sur lequel est un livre ouvert ; auprès de lui, déposés à terre, son casque et ses gantelets. Ce seigneur est François de Salamanca, bailli du Franc de Bruges. Derrière lui, son jeune fils, armé de même et dans la même attitude. En arrière, au second plan et debout, saint François, patron de ce seigneur.

2° Le volet de droite :

..... de Pardo, femme de François de Salamanca, également agenouillée devant un prie-Dieu où se trouvent les blasons du mari et de la femme.

Ses trois jeunes filles sont agenouillées derrière elle. En arrière et au second plan, on voit debout le saint patron de la dame.

Les familles de Salamanca et de Pardo, toutes deux originaires d'Espagne, étaient établies en Flandre au XVIe siècle.

Au verso des volets, deux saints peints en grisaille.

Ce triptyque a fait partie de la collection Pourtalès. Nous lui avons conservé les mêmes attributions que lui donne le Catalogue de cette vente, où il est décrit au n° 157.

Bois cintré dans le haut. Haut. 81 cent.;
largeur totale, 93 cent.

HOLBEIN

(HANS) LE JEUNE

Barth. Bruyn

1498 † 1554

15000
20500
Bourgeois

5 — *Portrait de Geronimo Diodati.*

Il est vu à mi-corps, la tête de trois quarts tournée vers la gauche ; cheveux noirs, moustache et barbe légère, une toque sur la tête. Vêtu d'un justaucorps noir, avec manches rouges, il tient ses gants et quelques fleurs.

Superbe petit portrait, d'une pureté et d'une conservation parfaites, d'une finesse de modelé et d'une exécution très remarquables.

Il provient de la célèbre collection Beckford.

A figuré à l'Exposition des maîtres anciens, qui eut lieu à la Royal Academy, en 1878.

Bois. Haut., 32 cent,; larg., 22 cent.

MABUSE

(JAN VAN ou GOSSAERT)

1470 † 1532

30000
37000
Christine Nilsson

6 — *La Vierge et l'Enfant Jésus.*

Assise devant une table, vue jusqu'aux genoux, elle tient sur son bras droit l'Enfant Jésus qui dort, la tête appuyée sur le sein de sa mère. Les cheveux blonds de la Vierge sont en partie cachés par un voile blanc qui descend sur ses épaules ; elle est vêtue d'une robe bleue, doublée de fourrure, un manteau grenat posé sur ses genoux ; elle tourne les feuillets d'un livre d'Heures orné de miniatures ; sur la table, placée devant elle, une coupe contenant des fruits, un verre, un citron coupé, etc.

Un paysage, d'une extrême finesse, fait le fond du tableau ; ce sont des villages aux maisons gothiques au bord d'une rivière, le tout animé par une multitude de détails : des personnages longeant un chemin conduisant à un pont de bois, un laboureur dirigeant sa charrue, un voyageur quittant sa monture devant une maison, etc., etc.

Ce précieux tableau, remarquable par sa pureté et sa conservation, est une œuvre hors ligne, digne de figurer dans les plus belles collections publiques ou privées.

Bois. Haut., 70 cent.; larg., 52 cent.

MEMLING

(HANS)

1470 (?)

7 — *Sainte Catherine.*

Elle est debout dans un paysage, vue en pied, tournée vers la droite, tenant un sceptre, une main appuyée sur le pommeau d'une épée. Les cheveux blonds tombant sur ses épaules, elle porte une couronne d'or ornée de pierres fines, un riche collier autour du cou, et est vêtue d'une robe en velours grenat, avec devant d'hermine, en partie cachée par un manteau de brocart à ornements de velours.

A ses pieds, une roue brisée auprès de quelques plantes.

Fond de paysage coupé par une rivière, village sur les bords. A l'horizon, des montagnes ; sur la droite, une église.

Ce précieux petit tableau, qui est le volet d'un triptyque, porte au revers une peinture en grisaille représentant saint Jean, drapé et debout dans une niche Au-dessous, les armoiries de la famille de Gondi.

Tous les amateurs connaissent la rareté des œuvres de Memling, qui sont aujourd'hui introuvables. Nous ne croyons pas qu'il existe de peinture de ce maître ayant plus de charme et de finesse dans l'exécution.

Il provient de la collection de M. Le Brun Dalbanne ; il a figuré à l'Exposition rétrospective, au palais du Trocadéro, en 1878.

Bois. Haut., 33 cent.; larg., 11 cent.

PRIMATICCIO

(Attribué à FRANCESCO)

1504 † 1570

8 — *Composition allégorique représentant Diane de Poitiers implorant la paix de la France.*

La France, sous les traits d'une jeune femme, vue de trois quarts, les cheveux blonds, coiffée d'une résille d'or et de perles, une couronne de laurier suspendue au-dessus de sa tête, est vêtue d'une tunique rouge orangé qui laisse l'épaule et le sein droit découverts ; elle appuie la main sur un bouclier et tient un rameau d'olivier. Une draperie d'un vert olive couvre ses genoux.

Diane de Poitiers, vue de profil, la poitrine découverte, ses bras passés autour du cou de la France, semble l'implorer ; elle est vêtue d'une tunique verte, retenue sur les épaules par des bijoux, laissant les bras nus ; corsage d'un rouge brun ; une draperie est jetée sur ses jambes.

Dans le fond, un lambris d'architecture ; à gauche, une draperie rouge, à larges plis.

Les deux femmes sont assises sur un coffre qui porte à gauche les armoiries de Gaspard van den Perre, secrétaire du Conseil de Brabant, anobli en 1556, par l'empereur Charles-Quint.

Cadre de l'époque, en bois sculpté, rehaussé de dorure.

Bois. Haut., 94 cent.; larg., 1 m. 10 cent.

THÉODOROS DÉMÉSIANOS

(XVIe SIÈCLE)

9 — *Le Tombeau de saint Spiridion, à Corfou.*

Le monument, entouré d'une balustrade, est surmonté d'un dôme ; de chaque côté, un ange debout tient un encensoir et un flambeau ; à l'intérieur, on voit le corps du saint dressé dans un cercueil.

Au-dessous, l'artiste a représenté l'île de Corfou. Sur le fond doré, on lit en caractères rouges :

Λείψανον τοῦ ἁγίου Σπυρίδωνος.

(Reliques de saint Spiridion.)

Peinture d'une grande finesse, exécutée au commencement du XVIe siècle, par un prêtre grec nommé Théodoros Démésianos.

Au revers, on lit une inscription qui nous fait connaître le nom du peintre. Le style des figures d'anges indique que l'artiste s'était formé sur des modèles italiens.

Saint Spiridion, évêque de Trémithonte (dans l'île de Chypre), devint le patron vénéré de Corfou, où il fut inhumé, vers 350.

Peinture sur bois, de forme ovale, dans un cadre de style vénitien.

Haut., 95 millim.; larg., 78 millim.

ÉCOLE FLAMANDE

(XVIe SIÈCLE)

10 — *Portrait de jeune femme.* 6000 / 8500

Vue en buste, la tête de trois quarts tournée vers la gauche, coiffée d'un bonnet de guipure, collerette plissée, robe noire à larges manches.

Sur le fond qui est formé d'une boiserie flamande, on lit à gauche : Agnès, le prénom de la dame, son nom étant caché derrière la tête ; à droite, son âge, trente-trois ans.

Charmant et précieux petit portrait.

Mme Constantin

Bois. Haut., 35 cent.; larg., 29 cent.

ÉCOLE FLAMANDE

(XVe SIÈCLE)

11 — *Volet d'un triptyque : Portrait d'une princesse.* 800 / 1050

Agenouillée devant son prie-Dieu, les mains jointes, elle porte une large coiffe blanche, un collier de perles autour du cou. Vêtue d'une robe de velours à riches ornements brodés d'or, une religieuse, en costume noir, est debout derrière elle, tenant une couronne. Dans le fond, une fenêtre cintrée ; à gauche, une porte laissant voir le paysage.

Bois. Haut., 59 cent.; larg., 33 cent.

ÉCOLE FLAMANDE

(XVe SIÈCLE)

12 — *Volet de triptyque: Sainte Catherine.*

Elle est debout, dans un intérieur, vêtue d'une robe rouge et d'un grand manteau de même couleur doublé d'hermine, la main droite appuyée sur une roue, la gauche sur une épée. Elle est posée sur un tapis vert à feuillages et fleurs; le parquet de la chambre est formé d'étoiles, de losanges et de carreaux de différentes couleurs. A gauche, une fenêtre cintrée; à droite, une porte donnant sur une cour.

Bois. Haut., 59 cent.; larg., 33 cent.

ÉCOLE FLAMANDE

(XVe SIÈCLE)

13 — *La Sainte Famille.*

Dans un intérieur de style architectural, la Vierge, assise, drapée dans un ample manteau, tient l'Enfant Jésus et lui donne le sein; saint Joseph est debout sur la droite, ils prennent des fruits dans un plat posé sur une table. Au second plan, deux anges chantent des louanges. Dans le fond, une porte cintrée donnant sur la campagne.

Bois cintré du haut. Haut., 26 cent.; larg., 20 cent.

ÉCOLE FRANÇAISE

(XVe SIÈCLE)

14 — *Portraits de René d'Anjou, comte de Provence, duc de Lorraine, roi de Naples, de Sicile, etc., et de sa seconde femme, Jeanne de Laval.*

Diptyque en bois renfermant, à l'intérieur, les portraits, peints à l'huile, du roi René et de Jeanne de Laval, représentés à mi-corps et se regardant.

Le roi René est vêtu d'une robe noire garnie de fourrure, il porte le collier de l'ordre de Saint-Michel, une calotte noire sur la tête et tient un chapelet.

Jeanne de Laval, vêtue aussi de noir, porte un chaperon et une robe à parements de fourrure, ses mains posées l'une sur l'autre.

Ces portraits sont peints sur fond d'or pointillé et encadrés de portiques sculptés dont l'ornementation diffère.

A l'extérieur, les volets sont décorés de rinceaux peints en rouge, bleu et vert, sur fond noir ; ils portent d'un côté, les armes en creux, sculptées et peintes, du roi René, soutenues du croissant de l'ordre de chevalerie qu'il avait fondé en 1448 ; de l'autre côté, une souche n'ayant qu'un seul rejeton. Cet emblème peut fixer la date de l'exécution de ces portraits entre les années 1471 et 1473, après la mort de Jean, fils du roi René, et avant celle de son petit-fils Nicolas, mort sans alliance et avec lequel s'éteignit sa descendance mâle. L'âge des personnages paraît aussi répondre à cette date de 1473; le roi René avait alors soixante-cinq ans et Jeanne de Laval quarante ans.

Ces portraits passent pour être de la main du roi René lui-même. Ce qui paraît certain, c'est qu'ils ont été exécutés de son vivant et évidemment pour lui.

Vente des Manuscrits et Miniatures de M. Ambroise-Firmin Didot, juin 1884, n° 127, gravé dans le Catalogue illustré.

Haut., 155 millim.; larg., 195 millim.

ÉCOLE DE SIENNE

(XIV° SIÈCLE)

15 — *La Vierge et l'Enfant Jésus.*

La Vierge est debout, vue à mi-corps, la tête nimbée, portant le voile dominical et le manteau bleu, ouvert sur la poitrine, laissant voir sa robe dorée enrichie de perles et de pierres précieuses et serrée à la taille par une ceinture. Elle tient l'Enfant, qui est assis sur un coussin d'or posé sur une balustrade de pierre, et lui présente une grenade. Une petite écharpe entoure le corps de l'Enfant Jésus, qui prend d'une main la grenade que lui présente sa mère, et de l'autre tient le lacet qui ferme son corsage.

Les physionomies de la Vierge et de l'Enfant Jésus,

dans ce précieux tableau, sont d'une pureté et d'une douceur remarquables.

Cadre du temps, à pilastres soutenant un arc de cercle, orné de fleurons, et avec cul-de-lampe.

Sur le bandeau, on lit :

PROPIVS · NOS · RESPICE · SEMPER

Ce tableau, qui a appartenu à Pie II, était à la Pienza, près de Sienne. Derrière le panneau, est appliquée au fer chaud la marque des armoiries des Piccolomini :

Pie II (Aeneas Sylvius Piccolomini), Pape, de 1458 à 1464.

Bois. Haut., 60 cent.; larg., 45 cent.

ÉCOLE ITALIENNE

(XIVe SIÈCLE)

16 — *Le Couronnement de la Vierge.*

La Vierge, les mains jointes, est légèrement inclinée vers son divin fils, qui tient une couronne et la pose sur la tête de sa mère. Tous deux sont assis sur un banc recouvert d'un coussin. Au-dessus et sur les côtés, des anges en adoration.

Ces figures se détachent sur un fond rougeâtre, orné de petites croix et fleurettes d'or.

Dans le bas, deux anges tenant chacun un instrument de musique.

Peinture sur fond d'or.

Bois cintré dans le haut, avec moulures formant cadre.

Haut., 27 cent.; larg., 18 cent.

ÉCOLE ITALIENNE

(XIVe SIÈCLE)

17 — *Saint Donatus.*

Il est représenté de face, vu jusqu'aux genoux, la tête nimbée, tenant à la main gauche le livre des Évangiles et soutenant sa crosse ; de la main droite, il bénit ; des bijoux posés sur ses mains gantées figurent les stigmates.

La mitre basse et la chasuble blanche à fleurs vertes sont bordées d'un large galon d'or, sur lequel on lit, en caractères gothiques :

SĀS : DONATVS.

Saint Donatus (saint Donato), évêque et martyr, au IVe siècle, à Aretrium (Arezzo), devint le saint patron protecteur de cette ville.

Cadre italien, en bois doré, de style gothique.

Bois. Haut., 56 cent.; larg., 27 cent.

ÉCOLE BYZANTINE

(XVe SIÈCLE)

18, 19, 20 — *Trois panneaux représentant des sujets ayant trait à l'Exaltation de la Croix.*

Dans le premier, l'empereur Héraclius, armé d'un poignard, frappe Cosroès, roi des Perses, qui est assis dans un large siège en forme de stalle et couvert d'une robe fond or, à riches ornements. L'empereur, la tête nimbée, vu de profil, porte un maillot et une cotte de mailles en partie cachée par un justaucorps or et velours.

Les personnages sont dans un intérieur à plafond constellé; à gauche, la croix; à droite, une colonne surmontée d'un coq.

Bois. Haut., 82 cent.; larg., 69 cent.

Le deuxième panneau représente :

L'empereur Héraclius rapportant la crpix à Jérusalem.

Il est devant les murs de la ville, monté sur un cheval caparaçonné, couvert d'un manteau à ornements sur fond or, suivi de ses gardes; il tient la croix. Un ange se présente devant lui.

Bois. Haut., 74 cent.; larg., 71 cent.

Le troisième panneau représente l'Empereur et l'Impératrice debout, tenant la croix soutenue dans le haut par deux anges. L'Impératrice est suivie de ses dames d'honneur, l'Empereur, des gens de sa cour, dans différentes attitudes.

Dans le fond, un autel sur lequel sont peints deux saints personnages sur fond or.

Bois. Haut., 70 cent.; larg., 70 cent.

SCULPTURES EN IVOIRE

21 — Tablette rectangulaire en hauteur, provenant d'un diptyque à écrire. Elle est sculptée sur une de ses faces et décorée de trois compartiments égaux : dans celui du milieu, l'aigle impérial, encadré d'un feuillage de chêne ; dans ceux du haut et du bas, des rosaces variées, formées de feuillages disposés symétriquement.

Le style et l'exécution de la sculpture qui date du IVe ou du Ve siècle ont encore le caractère de l'antiquité, comme dans certaines des œuvres de Ravenne. Ces tablettes à écrire (*tabulæ* ou *ceræ duplices*) étaient enduites, à l'intérieur, d'une légère couche de cire, sur laquelle on écrivait avec un stile.

Haut., 23 cent. 1/2; larg., 10 cent.

(Collection du baron Davillier.)

22 — Bas-relief rectangulaire en hauteur, représentant les deux apôtres, Pierre et Jean, nimbés et pieds nus, portant le pallium grec et tenant chacun, sous le bras, une grande tablette.

Ils semblent discourir ensemble du Christ, qu'on voit au-dessus d'eux, dans un médaillon. Le sujet est entouré d'une moulure.

Travail byzantin du VIe siècle.

L'artiste, dans le mouvement des figures, le costume, les plis des draperies et l'encadrement sobre du sujet, a été évidemment inspiré des œuvres de l'antiquité qu'il avait encore sous les yeux à Constantinople vers l'époque de Justinien. Cette pièce a été décrite par M. Ch. de Linas, dans une savante notice : « Le Livre d'ivoire de la bibliothèque publique de Rouen. » (*Gazette archéologique*, année 1886.)

Haut., 15 cent. ; larg., 10 cent.

23 — Bas-relief rectangulaire en hauteur. Le Christ, imberbe et nimbé, assis de face, vêtu du pallium à petits plis, bénissant à la manière grecque et tenant le livre des Évangiles. Sur le fond, deux séraphins ailés, le soleil et la lune personnifiés et des rosaces ; le tout circonscrit par une torsade et une guirlande de laurier formant une sorte de nimbe en amande. Aux angles, les symboles ailés des quatre Évangé-

listes. Bordure de feuilles d'acanthe. Travail byzantin du ixe ou du xe siècle.

Haut., 19 cent.; larg., 13 cent.

24 — Groupe : la Vierge et l'Enfant. La Vierge, assise, la tête légèrement inclinée, sourit à son fils, qu'elle tient sur ses genoux et qui regarde sa mère en lui caressant le menton ; il a un fruit dans la main gauche. Le siège, à clochetons, est en cuivre doré, décoré en gravure, de chaque côté, d'un abbé en prière, tête nue et tenant sa crosse. La partie postérieure, évidée, formait reliquaire. xiiie siècle. Travail français. La couronne a été rapportée. (Vente Stein, n° 22 du catalogue, gravé, pl. I.)

Haut., 34 cent.; largeur à la base, 15 cent.

25 — Groupe : la Vierge et l'Enfant. La Vierge assise, soutenant de la main gauche son fils, vêtu d'une longue tunique et debout sur ses genoux. Elle lui sourit en lui présentant un oiseau qu'il prend d'une main, appuyant l'autre sur le sein de sa mère. Socle en cuivre doré.

Commencement du XIVe siècle. Sculpture française. La couronne, en argent doré, est moderne.

Hauteur de la figure, 22 cent. 1/2.
Avec le socle, 26 cent.

26 — PETIT TRIPTYQUE sculpté en bas-relief, en forme d'édifice à toit pointu. Le tableau central représente la Vierge debout, couronnée et vêtue de long, portant l'Enfant Jésus sur son bras gauche et lui montrant une fleur de la main droite. Les volets, divisés en deux registres, représentent, celui de gauche, l'Annonciation et l'Adoration des Mages ; celui de droite, la Crèche et la Présentation au Temple. Ces diverses scènes sont placées sous des arceaux en ogive. Travail français. XIVe siècle.

Haut., 12 cent. 1/2; larg., 9 cent. 1/2.

(Collection du comte de la Béraudière.)

27 — FIGURE D'APPLIQUE. Sainte femme agenouillée, les mains jointes et dont la physionomie exprime la douleur. Elle est vêtue d'une robe à manches larges, avec ceinture, une guimpe encadre le

visage et un grand manteau l'enveloppe. Sculpture flamande. xve siècle.

Haut., 225 millim.

28 — Statuette en ronde Bosse. Abbé mitré, debout, tenant sa crosse de la main droite et de la gauche un petit monument figurant son monastère. Il porte la barbe longue, sa mitre est conique, l'habillement consiste en une robe avec ceinture et par-dessus, une chape retenue sur la poitrine par un fermail. Les broderies des vêtements ont été primitivement dorées, ce qui en a conservé le dessin. Socle en cuivre doré. xve siècle. (Vente Barry, de Toulouse.)

Hauteur de la figure, 26 cent.
Avec le socle, 33 cent.

29 — Baiser de paix en ivoire sculpté en bas-relief, de forme convexe et arrondi à sa partie supérieure, représentant saint Michel terrassant le démon. L'archange, les ailes éployées, la tête ceinte d'un bandeau de perles surmonté d'une petite croix, porte l'armure complète et un grand manteau ; l'épée haute, il va frapper Satan ren-

versé sous ses pieds. Travail français du xve siècle.

Haut., 145 millim.; larg., 85 millim.

30 — Plaque convexe sans fond, sculptée en assez haut-relief. Jésus, entouré des douze apôtres, lave les pieds à l'un d'eux. xve siècle.

Haut., 11 cent.

31 — Olifant d'ivoire sculpté en bas-relief avec sa garniture d'argent doré. Il porte le blason de la princesse Isabelle de Portugal, femme de Philippe le Bon, duc de Bourgogne ; au-dessus, un joueur de bucine, et, au-dessous, une sphère. Sur le pavillon d'argent doré, la devise de Philippe le Bon : AVLTRE NARAI (aultre n'aurai), avec les briquets et les étincelles. xve siècle. Cette pièce paraît provenir de la maison de la princesse Isabelle de Portugal, troisième femme de Philippe le Bon, duc de Bourgogne et comte de Flandre. C'est à l'occasion de son mariage, en janvier 1430, que le duc adopta la devise « Aultre n'aurai », en instituant l'ordre de la Toison d'Or.

Long., 43 cent.

32 — Statuette. Sainte Marie-Madeleine debout et tenant, des deux mains, le vase à parfums. Elle porte le costume des dames de la cour de France au temps d'Anne de Bretagne : coiffe avec voile pendant sur la nuque, longue robe ouverte, chemisette plissée, et par-dessus, un grand manteau relevé sous le bras gauche. Socle en argent doré. Sculpture française des premières années du xvie siècle.

Haut., 180 millim.; avec le socle, 225 millim.

33 — Coffret oblong, couvercle à pans coupés. Il est décoré d'ornements dorés circonscrits par un trait noir. Serrure, écoinçons, charnières et fermoir en cuivre doré. Italie, xve siècle.

Haut., 9 cent. ; long., 17 cent.

(Provient des collections Castellani et Albert Goupil.)

SCULPTURES

EN TERRE, EN MARBRE, EN BOIS ET EN CIRE

34 — Statue en marbre tendre peint. Saint Jean-Baptiste debout, la tête légèrement incli-

née vers la gauche, portant de la main gauche l'agneau symbolique, dans un médaillon circulaire, qu'il montre de l'index de la main droite. Le Précurseur a les membres amaigris, la barbe et les cheveux longs, bouclés et peints, ainsi que les carnations. Il est vêtu d'une tunique de poils d'animal dorée, et par-dessus, d'un grand manteau rouge bordé et doublé d'or. XIVe siècle. Figure d'un grand caractère. Elle provient de Saint-Jean-de-Maurienne. Les statues du XIVe siècle, en marbre et surtout avec leur peinture de l'époque, sont très rares. Bonne conservation, sauf une cassure dans le bas, consolidée à une époque déjà fort reculée.

Haut., 1 mètre.

35 — Bas-relief en terre émaillée, par Luca della Robbia. La Vierge et l'Enfant. Haut-relief sculpté en terre émaillée en blanc sur fond bleu, cintrée dans le haut. La Vierge, à mi-corps, petite nature, tournée de trois quarts à droite, la tête légèrement inclinée vers son fils debout sur un coussin et qu'elle soutient de la main gauche, la droite est allongée sur le coussin. Les deux têtes sont nimbées. Derrière, des

branches de lis se détachent en blanc sur le fond bleu. Bordure de moulures. Le bas-relief est placé dans un cadre en bois sculpté, doré et peint, de style italien du xve siècle. Cette œuvre, par son style simple, le charme et l'expression pure des figures, la facture allongée des mains, la sobriété des couleurs et la transparence de l'émail, peut être attribuée à Luca della Robbia (mort en 1481), le premier et le plus illustre des artistes de cette famille, ainsi qu'un des plus grands sculpteurs italiens du xve siècle.

Hauteur totale, 1 m. 20 cent.; larg., 90 cent.

36 — Escarcelle en buis sculpté, de forme arrondie, s'élargissant dans le bas, et dont le corps principal est d'un seul morceau; elle ouvre par un vantail à charnière qui ferme au moyen d'un petit verrou. Sur la face antérieure sont sculptés, en bas-relief, un saint et une sainte, deux anges tenant des banderoles, des fleurs et des feuillages. La face postérieure est décorée d'une grande feuille gravée. xive siècle. Travail français. Escarcelle à sceaux, très rare, qui a fait partie de la collection Leroy-Ladurie.

(Objet gravé dans *l'Art pour tous*, XIe année, n° 285.)

Haut., 11 cent. 1/2; larg., 15 cent.

37 — STATUETTE-APPLIQUE en bois de chêne. Évêque debout, portant la mitre et une grande chape drapée, attachée sur la poitrine par un fermail. De la main droite il tenait sa crosse et porte de la gauche un grand missel. Sculpture française. XVe siècle.

Haut., 55 cent.

38 — DAIS à quatre faces, de forme allongée, en bois de chêne sculpté. Une base, à moulures et frise découpée, supporte quatre piliers terminés en longs fuseaux; ils sont flanqués, jusqu'à demi-hauteur, de colonnettes ornées portant chacune un écusson armorié sous un petit dais saillant. Ces piliers supportent huit arcatures ogivales, séparées par des fuseaux, avec culs-de-lampe d'anges et de choux; au-dessus, seize petites fenêtres en ogive. A l'intérieur, de légères colonnettes accolées aux piliers soutiennent un plafond à fines nervures et pendentif

au centre. xve siècle. Travail du nord de la France ou flamand.

Haut., 1 m. 16 cent.; larg., 76 cent.

39 — Figure en buis sculpté. Chanoine en prière, agenouillé sur un coussin. Il est tourné à droite, la tête un peu renversée et les yeux levés vers le ciel ; les cheveux taillés carrément, courts sur le front, avec une petite tonsure ; ses mains, jointes, sont gantées; il porte un surplis à larges manches, très ample et drapé. Derrière, on lit, gravé en assez grands caractères, le nom du personnage : BROEDER · CORNELIS · VAN DER TYT. A° S 1562. Dessous, le blason de la famille et le monogramme du sculpteur. xvie siècle. Sculpture flamande d'un beau style et d'une grande finesse d'exécution. Cette statuette a été exposée en 1878 au palais du Trocadéro. Voici ce qu'en dit alors M. Darcel, dans la *Gazette des Beaux-Arts*, t. XVIII, p. 528 : « Nous ne pouvons qu'admirer avec quelle sûreté et quelle précision la physionomie en est exprimée dans ses moindres détails, et avec quelle science la finesse du tissu du lin

dont est fait le surplis, et le flasque du tricot des gants qui recouvrent les mains sont rendus dans cette figure, qui n'y perd rien de son austérité. »

Haut., 295 millim.

40 — PANNEAU sculpté en haut-relief et peint. Jésus, couronné d'épines et couvert d'un manteau écarlate, sort du tribunal après la flagellation ; il paraît, au haut d'un escalier extérieur, escorté par un groupe de Juifs ; en bas, un autre groupe vocifère, demandant son supplice. Le fond représente la façade d'un bâtiment et en haut une grande salle ouverte, avec balcon, dans laquelle sont encore les bourreaux. XVe siècle. Sculpture allemande. Les personnages ont de 12 à 15 centimètres, les costumes sont curieux et la peinture bien conservée. Ce panneau provient du même retable que le suivant.

Haut., 42 cent.; larg., 31 cent.

41 — PANNEAU sculpté en haut-relief et peint. Jésus marchant au supplice, précédé des deux larrons et entouré d'un grand nombre de personnages

qui l'insultent ou le frappent; derrière le Christ marche le bourreau portant une échelle ; un cavalier paraît donner des ordres. Le fond représente un bâtiment : dans le haut, le prétoire, où l'on voit Pilate se laver les mains, une foule grouillante descend l'escalier extérieur. xve siècle. Ce panneau et le précédent proviennent du même retable. Bonne conservation.

Haut., 35 cent.; larg., 30 cent.

42 — Petit bas-relief modelé en cire et peint. Il représente le roi Henri IV et la reine Marie de Médicis, avec leurs deux fils et un autre personnage, passant devant les piliers des Halles, à Paris, dans un grand carrosse ouvert traîné par deux chevaux, dont l'un porte le postillon ; deux gardes armés de hallebardes marchent derrière. Encadrement en bois peint.

Haut., 11 cent.; larg., 21 cent.

ÉMAUX CHAMPLEVÉS

43 — Petit médaillon en or, ou plutôt amulette, avec anneau fixe de suspension. Au centre, un

saint, barbu et nimbé, debout et de face; dans le champ, deux croisettes, une ciste et un baptistère. Les sujets sont gravés en champlevé et on y voit encore des traces d'émail. ve ou vie siècle. Spécimen curieux d'émaillerie byzantine champlevée sur or. Ce genre de travail passe généralement pour n'avoir été fait qu'en Occident et sur cuivre, comme imitation des émaux cloisonnés byzantins. (Vente Castellani, mai 1884 ; n° 158 du catalogue.)

Haut., 30 millim. — Poids, 11 gr. 41 cent.

44 — Plaque rectangulaire en hauteur, en cuivre gravé, doré et émaillé. Le Christ sur la croix, nimbé, la tête rapportée en relief et ciselée; il a la poitrine nue; sa jupe, nouée autour des reins, descend jusqu'aux genoux et les pieds sont fixés par deux clous sur une tablette. A ses côtés, deux soldats, dont l'un lui perce le flanc de sa lance, et l'autre lui présente l'éponge au bout d'un bâton. Au-dessus, deux anges agenouillés tiennent chacun un disque émaillé figurant le soleil et la lune. Toutes ces figures sont réservées en métal et gravées au trait, les cas-

ques des soldats étant seuls émaillés. La croix, en émail vert, bordée de blanc, repose sur une base de différentes couleurs. Fond bleu constellé de rosaces figurant les étoiles ; autour, une large bordure d'émail verdâtre sablé encadre le sujet. XIIe siècle. Curieux spécimen d'émaillerie champlevée de l'école rhénane. (Vente Benjamin Fillon, Paris, mars 1882 ; n° 254.)

Haut., 23 cent.; larg., 19 cent. 1/2.

45 — Croix d'autel en cuivre ; elle est gravée et dorée, émaillée sur ses deux faces et fixée sur un piédouche à quatre rampants. Le Christ, fondu en très haut-relief et ciselé, a la tête nue et inclinée, la physionomie triste et douloureuse ; une jupe nouée autour des reins tombe jusqu'aux genoux, les pieds posent sur une tablette. La croix est décorée, sur ses deux faces, d'ornements gravés et de cabochons de cristal de roche. Sur le devant, saint Pierre et saint Paul et, sur les bras, deux anges ; au revers, saint François debout, en extase, et au-dessus un séraphin ; dessous, un moine devant un arbre ; sur la croix, des anges ; toutes ces

figures sont émaillées. Commencement du XIIIe siècle. Cette croix provient, évidemment, d'un monastère de l'ordre de Saint-François.

Haut., 64 cent. 1/2; larg., 35 cent.

46 — Reliquaire quadrilobé, en cuivre gravé, doré et émaillé. Au centre, un fort cabochon de cristal de roche entouré d'une bordure circulaire. Autour, les quatre lobes sont formés de petites plaques de cuivre doré, portant chacune un des Évangélistes assis devant un scriptional, accompagné de son nom et de son symbole; les vêtements sont seuls émaillés, les carnations, légendes et attributs, finement gravés. XIIIe siècle. École rhénane. (Vente Meyers, de Bruxelles, faite à Paris en 1877.) Pièce gravée dans la *Gazette des Beaux-Arts*, année 1878.

Diam., 15 cent.; hauteur totale, 28 cent. 1/2.

47 — Plaque de reliure en cuivre, dorée et émaillée. Sur un fond d'émail bleu, se détachent un semis de palmettes réservées en métal doré; autour, une bordure de feuilles d'acanthe et de chevrons, également en réserve, sur fond bleu avec

quelques rehauts d'émail rouge. Au centre de la plaque, une grande croix, aussi en réserve; d'un côté la Vierge et de l'autre saint Jean, fondus, presque en ronde bosse et fixés sur la plaque, qui est bordée d'un perlé. Très joli spécimen de l'émaillerie de Limoges au XIIIe siècle. Le perlé qui entoure la plaque indique qu'elle était seule et ne pouvait s'assembler avec d'autres, comme une partie de châsse ou de coffret. Le Christ qui était sur la croix, évidemment en relief comme les deux autres figures, a disparu.

Plaque quadrangulaire de 114 millimètres.
Les figures ont 90 millimètres de hauteur.

48 — PETITE CHASSE-RELIQUAIRE en forme de maison, en cuivre, gravée, dorée et émaillée. Le sujet principal représente le meurtre de Thomas Becket, archevêque de Canterbury. Il est nimbé, en costume sacerdotal, debout devant l'autel, et oppose la croix aux trois assassins qui entrent l'épée à la main et dont le premier lui porte un coup sur la tête; une main divine bénit le martyr. Au-dessus, sur le toit, deux anges enlèvent

l'âme du saint. Sur chacun des côtés, un saint nimbé et debout. Les personnages se détachent en cuivre doré sur un fond d'émail bleu, les têtes sont rapportées et ciselées en relief. La partie postérieure est décorée de rosaces émaillées en vert et rouge. Travail de Limoges du XIIIe siècle.

Haut., 155 millim.; larg., 118 millim.

49 — Applique en cuivre, découpée et repoussée en assez haut-relief, ayant des traces de dorure et d'émail. Elle représente un chevalier armé de toutes pièces, à cheval et au galop, passant à gauche, l'épée à la main et le haut du corps couvert de son écu armorié. Le blason, qui se voit encore sur les ailettes et la grande housse du cheval, est celui du chevalier Vuerhoudt, célèbre par sa légende. Le mouvement est beau. Le costume du chevalier, son armement et le harnachement du cheval datent cette pièce de la fin du XIIIe siècle ou du commencement du XIVe. (Voir Demay, *le Costume au Moyen-Age d'après les sceaux.*) Une pièce d'armure, semblable à l'ailette, placée sur la cuisse du chevalier pour

la protéger, est curieuse, étant restée inconnue jusqu'ici. (Vente Meyers, de Bruxelles, faite à Paris, en 1877.)

Haut., 12 cent.; larg., 13 cent.

ÉMAUX PEINTS

50 — Monvaerni (?). Grand triptyque peint en émaux de couleurs et rehauts de dorure. Au centre, la Crucifixion : le Christ sur la croix, entre les deux larrons ; au pied de la croix, à gauche, la Vierge et saint Jean, Marie-Madeleine, agenouillée, Marie Cléophas, le soldat frappant le Christ de sa lance et un autre qui lui présente l'éponge ; à droite, deux cavaliers dont l'un tient un bâton de commandement et l'autre, en armure complète, a la main sur sa poitrine ; derrière, deux soldats. Le sol est couvert de fleurettes et d'arbustes ; dans le fond, la ville de Jérusalem. Sur le volet de gauche, saint Jacques tenant son bourdon et le livre des Évangiles, debout sous un portique gothique. Sur le volet de droite, sainte Catherine, aussi

debout sous un portique, tenant d'une main l'Évangile, de l'autre une palme et une épée sur laquelle on lit AVE MARI^{e} et au-dessous MONVAE2N^{e} ; à ses pieds, la roue et le démon qui porte écrit autour du cou le mot IENRAGE. Les plaques sont encadrées d'une moulure à fleurettes en cuivre doré, le tout encastré dans une monture en bois. xve siècle. Les émaux peints, signés de Monvaerni, un des plus anciens maîtres limousins, sont fort rares. Sa facture et son coloris sont très particuliers. Ce triptyque, le plus important des ouvrages connus de Monvaerni, a fait partie de la collection de M. Didier Petit, de Lyon (Catalogue de 1843, n° 125). Il a été décrit par Labarte, dans son *Histoire des Arts industriels* (édition de 1864, t. IV, p. 59 à 61); et aussi dans le Catalogue des Émaux du musée du Louvre (p. 96-97).

Émaux : Haut., 22 cent.; plaque centrale, larg., 20 cent.
Hauteur totale, 30 cent. 1/2; larg., 44 cent. 1/2.

51 — Pénicaud. Triptyque peint en émaux de couleurs, avec rehauts de dorure et points saillants imitant les pierres précieuses. Tableau central :

la Vierge, assise sur un trône et tenant l'Enfant Jésus, debout sur ses genoux ; tous deux sont nimbés. La Vierge porte le voile dominical blanc et un grand manteau bleu doublé de vert, l'Enfant une robe bleue et un corsage vert ; le trône est émaillé en brun à l'imitation du bois ; sur le dossier, un petit ange agenouillé. Autour, quatre anges jouent de divers instruments, les uns vêtus de tuniques blanches, les autres de tuniques brunes ; le tout sous un ciel bleu constellé d'étoiles d'or. Sur le volet de gauche : sainte Catherine, couronnée et debout, elle porte une robe violacée à plastron blanc orné d'orfrois et un grand manteau bleu doublé de vert; la sainte tient la palme de la main droite et appuie la gauche sur une épée ; à ses pieds, la roue et le démon qui est couronné; fond vert encadré de pilastres émaillés en brun. Sur le volet de droite : saint Jean-Baptiste, nimbé et debout, vêtu d'une tunique brune et d'un manteau bleu, porte sur un coussin l'agneau pascal ; même fond qu'à l'autre volet. Les carnations sont d'un gris particulier très légèrement violacé; des rehauts d'or accentuent les lumières et des gouttelettes d'émail, imitant des pierreries, sont distribuées de façon à enrichir les nimbes, les couronnes et les costumes. Encadrement de moulures à fleurettes en cuivre doré, le tout encastré dans une monture en bois. Remarquable spécimen de l'émaillerie limousine du commencement du XVIe siècle. Ces émaux, par leur style large, la correction du dessin, le fini de l'exécution, l'intensité des couleurs et la tonalité générale, sont évidemment l'œuvre d'un émailleur de grand talent, vraisemblablement de la famille des Pénicaud.

Émaux : Haut., 19 cent.; plaque centrale, larg., 17 cent.
Hauteur totale, 25 cent., et déployé, 39 cent. 1/2.

52 — JEAN I PÉNICAUD. Tableau rectangulaire en hauteur, peint en émaux de couleurs sur paillons, avec rehauts d'or, représentant le Christ au Mont des Oliviers. Jésus, nimbé, vêtu d'un grand manteau violet, agenouillé et priant les yeux levés vers le ciel où lui apparaît, dans une nuée blanche, un ange portant la croix et un calice. Sur le premier plan, les apôtres Pierre, Jacques et Jean dorment couchés ou assis sur 10000.

1877, 15 juill. : 4000

l'herbe; Pierre tient un glaive et Jean un livre, ils sont nimbés et enveloppés dans des manteaux, celui de Pierre bleu, les deux autres d'un rouge pourpre. Dans le haut, à gauche, la porte du jardin par laquelle entre Judas guidant des soldats en armures. Dans le fond, la ville de Jérusalem, sous un ciel étoilé. A droite, des oliviers et, sur l'herbe parsemée de fleurettes, un linge blanc sur lequel sont les lettres I. P. en or, liées ensemble par une sorte de cordelière. Les carnations sont violacées, de nombreux paillons que l'artiste a su employer avec art et des rehauts d'or très délicats, habilement distribués, donnent à cet émail un éclat extraordinaire. Il est signé de Jehan Pénicaud, premier du nom de Jean, le frère ou le neveu de Nardon, auquel il est supérieur par son dessin et son coloris. Il travaillait dans le premier tiers du XVIe siècle. Ses émaux signés sont rares, la même signature se trouve sur un triptyque de la Kunstkammer de Berlin et un diptyque de la collection du prince Soltykoff (n° 262 du Catalogue). Contre-émail opaque et marbré. Le cadre, en argent doré, est décoré d'ornements repoussés à l'étampe, dans le style de la première moitié du XVIe siècle.

Émail : Haut., 27 cent.; larg., 23 cent. 1/2.

53 — JEAN II PÉNICAUD. Plaque rectangulaire en hauteur, représentant le crucifiement. Les personnages ont été préalablement repoussés sur la plaque de métal avant d'être peints en grisaille sur fond noir. Le Christ sur la croix entre la Vierge et saint Jean; les nimbes sont dorés, celui du Christ radié, les deux autres pleins; le sang qui coule de la blessure du Sauveur est teinté en rouge. Au pied de la croix, un écusson aux armes de Saulx-Tavannes : d'azur au lion d'or. En bas de la plaque, à droite, la signature I. P. (Jehan Pénicaud). Encadrement en bois sculpté et doré. Première moitié du XVIe siècle. Spécimen très rare d'émail peint en grisaille sur une plaque de cuivre préalablement repoussée. Cette combinaison donne aux personnages un relief qui produit un grand effet.

Émail : Haut., 21 cent. 1/2; larg., 18 cent.
Avec le cadre : Haut., 42 cent.; larg., 33 cent.

54 — Jehan III Pénicaud (Attribué à). Petite plaque rectangulaire en hauteur, peinte en émaux de couleurs, avec rehauts d'or. Le Christ bafoué : Jésus, assis devant le prétoire, couvert du manteau que les Juifs lui ont mis sur les épaules, est entouré et insulté par cinq personnages en costumes du xvie siècle. Milieu du xvie siècle. Le dessin est correct, les physionomies expressives, les émaux colorés ont un vif éclat ; des rehauts d'or enrichissent les costumes et accentuent les lumières.

Haut., 12 cent.; larg., 9 cent.

55 — Pierre Reymond. Quatre petites plaques ovales en largeur, peintes en grisaille sur fond noir. Elles représentent quatre sujets tirés de la composition de Raphael, connue sous le nom de *Quos ego*, et gravée par Marc-Antoine. Les sujets sont : Neptune apaisant la tempête ; Vénus implorant Jupiter qui envoie Mercure porter ses ordres ; Junon recevant de Mercure les ordres de Jupiter ; Vénus et l'Amour. Milieu du xvie siècle. Ces émaux, très finement exécutés, sont de la bonne époque de Pierre Rey-

mond, vers 1550. Il copiait alors les grands maîtres italiens et allemands. Les quatre plaques sont encadrées de petites bordures en cuivre doré et placées sur une tablette de velours rouge.

Chaque plaque, haut., 75 millim.; larg., 100 millim.

56 — ÉMAIL DE VENISE. Bassin circulaire, ou coupe à boire, sur pied bas, avec ombilic au centre, trois petites anses et un goulot. A l'extérieur, le corps du bassin est décoré de godrons repoussés émaillés de blanc, avec intervalles et bords en bleu, comme le piédouche, le goulot et les trois petites anses. A l'intérieur, les mêmes godrons en creux émaillés de vert, avec séparations et bordure en blanc ; ombilic à godrons repoussés en spirale émaillés en blanc sur fond vert. Tous les émaux sont enrichis de palmettes appliquées en or. Travail vénitien du XVIe siècle. Cette pièce a fait partie des collections du prince Soltykoff et de M. de Lafaulotte.

Diam., 260 millim.; haut., 85 millim.

(Vente Soltykoff, avril 1861, n° 486
et Vente Lafaulotte, avril 1886, n° 20 du catalogue.)

ORFÈVRERIE RELIGIEUSE

ARGENT DORÉ

57 — Calice et sa patène, en argent doré, ciselé, gravé et parties émaillées. Base lobée et ajourée, supportant un piédouche décoré de rayons et terminé par un clayonnage ; au-dessus, le nœud, formé de huit portiques gothiques sous lesquels autant de petites statuettes de saints se détachent sur un fond d'émail bleu ou vert. La coupe, décorée aussi de rayons. La patène est ornée, au centre, d'un médaillon circulaire d'émail bleu, sur lequel se détachent, en réserve d'argent gravé, la Vierge portant l'Enfant, assise sur un trône, et des anges ; une large bordure gravée représente des scènes de la vie de la Vierge. Au revers, dans un disque rayonnant, le Christ entouré de chérubins, exécuté en gravure de basse-taille, avec traces d'émaux. Travail français du xve siècle. Le calice et la patène sont frappés, chacun, de deux poinçons portant en caractères gothiques, l'un la lettre G et l'autre les lettres P L (celui-ci est le poinçon de

l'orfèvre). La gravure rappelle tout à fait le style des bois des beaux livres d'heures de Simon Vostre et de Vérard.

Calice. Haut., 28 cent. 1/2; patène, diam., 19 cent.

(Vente Stein.) 7300

58 — CALICE en argent doré. Piédouche lobé et à six pans; nœud à côtes torses, plat et assez large, décoré d'ornements gothiques repercés et de six petits chatons émaillés, il est entre deux bagues portant des inscriptions; coupe évasée. XVe siècle. 730 Picard

Haut., 18 cent. 1/2.

59 — CEINTURE, dite d'orfèvrerie, de dame noble. Toutes les pièces qui la composent sont en argent, ciselées et dorées avec fonds émaillés. Un passant et soixante-douze petites pièces, de deux modèles différents, dont les unes ont un cygne émaillé au centre, sont fixés sur un galon rouge et or. Aux extrémités, une agrafe et un pendant, formés d'une rosace, et au centre la Vierge, debout, portant l'Enfant, le tout se détachant sur un fond d'émail; le pendant, à double face, a 5000 L Egger

comme pendeloque une assez grosse perle fine. Travail français de la seconde moitié du XIVe siècle. Bijou très rare. Ces « ceintures d'orfèvrerie », que l'on trouve fréquemment mentionnées dans les inventaires, parmi les joyaux des grandes dames, ne sont guère connues que par les miniatures des manuscrits.

Long., 1 m. 66 cent.

60 — Autre Ceinture d'orfèvrerie. Elle se compose aussi d'une agrafe et d'un pendant à double face, en forme de rosace lobée, ayant au centre une tour du haut de laquelle sort un buste de femme, le tout sur un fond émaillé, et comme pendeloque une perle d'émail bleu. Sur le galon sont rivés un passant décoré d'une fleur émaillée et soixante et onze petites pièces en argent doré, de deux modèles, avec fonds émaillés de couleurs différentes. XIVe siècle. Ceinture de dame de même époque que la précédente et de même travail, mais dont les ornements diffèrent, Ces deux ceintures ont été trouvées ensemble dans un pot d'étain enfoui dans des rochers. Elles sont bien complètes, les galons qui étaient pourris ont dû

être remplacés et les pièces remontées sur d'anciens galons.

Long., 1 m. 58 cent.

ORFÈVRERIE RELIGIEUSE

CUIVRE DORÉ

61 — Reliquaire portatif, en forme de triptyque, cintré dans le haut et à volets mobiles. Il est en bois, entièrement recouvert d'assez fortes plaques de cuivre repoussées, gravées et dorées. Les volets sont décorés à l'extérieur, de fleurs de lis alternant avec des châteaux de Castille, dans un quadrillage losangé. Sur la partie postérieure, des rosaces entourées de fleurs de lis. A l'intérieur, trois sujets au sommet des plaques: au centre, le Christ sur la croix entre la Vierge et saint Jean, le soleil et la lune et deux anges pleureurs; derrière saint Jean, un chevalier et, derrière la Vierge, une femme; ces deux personnages, agenouillés, sont les possesseurs du reliquaire; au-dessus de chacun était un écu, probablement émaillé, qui a disparu. En haut

du volet de gauche, la Visitation et saint Zacharie; en haut du volet de droite, saint Jean Bouche-d'Or assis devant un scriptional et béni par une main divine. Au-dessous de ces trois sujets sont trente-six petites ouvertures, en forme de roses ou de fenêtres, dans lesquelles sont encore enchâssées presque toutes les reliques, qui proviennent des Lieux saints, comme l'indiquent les légendes en français, gravées au-dessus de chacune. XIIIe siècle. Reliquaire portatif provenant de la première croisade de saint Louis. Il a dû appartenir à Alphonse de Poitiers, frère du roi, et à Jeanne de Toulouse, sa femme, car il porte, à l'extérieur des volets, les armoiries adoptées par le comte de Poitiers : « Parti de France et de Castille » ; à l'intérieur, le chevalier agenouillé a sur ses ailettes « la croix vuidée et pommetée de Toulouse », comme comte de Toulouse du chef de sa femme. (Voir la bulle d'argent d'Alphonse de Poitiers, au Cabinet des médailles, catalogue de M. Chabouillet, n° 2915. Père Anselme, *Histoire généalogique de la Maison de France*, t. I, p. 82-83.) Ce reliquaire a été probablement exécuté à

Saint-Jean-d'Acre, par un artiste qui a signé son nom en très petits caractères grecs **KU-ΓΙΛΟU** (?), sur le bord du scriptional placé devant saint Jean Bouche-d'Or. Toutes les légendes sont en français, ce qui est fort rare au XIIIe siècle. Alphonse de Poitiers étant mort sans postérité, ses armoiries se rencontrent rarement, ce qui explique qu'elles n'ont pas été reconnues jusqu'ici sur ce reliquaire et, faute d'un examen suffisant, le nom grec de l'artiste n'y a pas été vu non plus. (Décrit et gravé dans le *Dictionnaire du Mobilier,* par M. Viollet-Leduc, t. I, p. 228 à 232.) Ce reliquaire a fait partie de la collection de M. Bouvier, d'Amiens.

Haut., 28 cent.; larg., 26 cent. ouvert.

62 — Reliquaire en cuivre gravé et doré, enrichi de pierres fines. Il est quadrangulaire, en forme de maison, avec toiture à rampants surmontée d'un faîtage tubulaire, et comme pieds quatre petits animaux. Sur la face, dans une niche ogivale, la Vierge assise, portant l'Enfant Jésus, presque en ronde bosse. Le devant et les côtés sont décorés de rinceaux gravés et enrichis de

nombreux cabochons de pierres fines, ainsi que la crête. Sur la partie postérieure se trouve une longue inscription en sept lignes, gravée en caractères du XIIIe siècle, énumérant les reliques qui étaient renfermées à l'intérieur. XIIIe siècle, Cette petite châsse, d'un travail très soigné et richement ornée, contenait de précieuses reliques, telles que des dents des saints Pierre et Paul, des cheveux de la Vierge, etc. Elle ouvre sur le côté, en faisant pivoter un des grands cabochons de cristal de roche.

Haut., 130 millim.; long., 116 millim.; larg., 70 millim.

63 — Statuette en ronde bosse. La Vierge, couronnée, les yeux en perles d'émail et son manteau agrafé par un saphir cabochon, est assise sur un siège semi-circulaire, décoré de trois figures gravées, debout, sous des arcades. Elle tient une vasque sur ses genoux. XIIIe siècle. La Vierge devait soutenir, du bras gauche, l'Enfant debout sur ses genoux, qui manque ici, ainsi que le couvercle de la petite vasque.

Haut., 20 cent.

64 — Petit reliquaire quadrilobé, en forme d'agrafe de chape, en cuivre doré. Le dessus, ouvrant à charnière, est décoré de rinceaux formés par une sorte de cordonnet de métal contourné et soudé sur le fond et de cabochons de pierres fines posés avec symétrie. La partie postérieure offre la même disposition, mais la décoration est seulement gravée; des légendes latines indiquent les noms des saints dont les reliques étaient renfermées à l'intérieur, dans des compartiments qui correspondent à la gravure. XIIIe siècle. 2000 f. (Musée de Lyon

Coll. Meyers à Bruxelles 1875. 1720 f. Diam., 10 cent.

65 — Plaque en forme d'amande, en cuivre, finement gravée et dorée. Elle provient d'un reliquaire qui renfermait un bras de saint Victor, et qui fut exécuté en l'année 1243, au temps de l'abbé Jacques II, dans l'abbaye de Montier-Ramey, près Troyes, qui était placée sous l'invocation de saint Victor, comme l'indique l'inscription de la bordure. Les sujets gravés sont accompagnés de légendes, et représentent : en haut, l'âme de saint Victor, glorifiée par le 820. Darcel

Christ; en bas, un moine nommé Maître Philippe, mort et étendu sur un lit; au-dessus, son âme enlevée par deux anges et encensée par une main divine. XIIIe siècle. Bon spécimen de l'art français de l'époque. Ce fragment est cité, avec ses légendes, dans le *Gallia Christiana*, t. XII, p. 557. Il a été encore décrit et gravé dans *le Bulletin archéologique du Comité des travaux historiques et scientifiques*, année 1885, 2e fasc., p. 259 et suiv., pl. VII.

Haut., 18 cent.; larg., 10 cent.

66 — Agnus Dei ou bulle de sceau, avec belière, en cuivre gravé et doré. Sur les deux faces, l'Agneau pascal nimbé, la tête retournée vers la croix à pennon, placée derrière lui et saignant dans un calice; au-dessous, le nom du pape Urbain VI, et, autour, la légende : *Agnus Dei miserere mei qui crimina tollis.* XIVe siècle. Urbain VI, pape de 1378 à 1389. Élu par une partie des cardinaux, en même temps que d'autres nommaient Clément VIII, qui s'établit à Avignon. Ce fut le point de départ du grand schisme d'Occident.

Diam., 82 millim.

FAIENCES

67 — Fabrique italienne. Curieux plat creux. Au centre, un jeune homme portant un bonnet pointu et un vêtement collant, armé de l'épée et du bouclier. Dessin au trait bleu pâle, sur fond blanc grisâtre. Au marli, des rinceaux enlevés à la pointe sur un fond d'émail bistre violacé. Revers jaune vernissé. xve siècle. Dessin archaïque.

Diam., 28 cent.

380
Musée de Limoges
Mannheim

68 — Fabrique de Faenza. Coupe basse : la Vierge et l'Enfant. Trait du dessin en bleu. La Vierge porte une tunique verte et un manteau jaune roux. Les carnations en jaune lavé, les cheveux et les nimbes en jaune vif ombré de bleu ; fond bleu lapis sombre, appliqué brutalement, les traits du pinceau restant visibles. Revers bleu gris ; au centre, en bleu sombre, l'inscription : ££. A I G. $\overset{E}{Y}$ H Y Å, entourée de parafes. Terre rouge épaisse. Style archaïque. xve siècle.

Diam., 22 cent.

720
Bourgeois

Coll. Fountaine

69 — Fabrique de Faenza. Coupe basse à ombilic, godronnée et festonnée. De l'ombilic rayonnent douze godrons courbes, alternativement bleu lapis et jaune orangé, décorés de rinceaux en bleu plus clair avec rehauts de blanc; ces godrons se relient à une bordure bleue festonnée. Au centre, sur l'ombilic, une femme debout et tenant une flèche; fond de paysage. Revers bleu gris, décoré de palmettes en bleu lapis. Milieu du XVIe siècle.

Diam., 29 cent.

(Collection du château de Langeais.)

70 — Fabrique de Faenza. Coupe à pied bas et à ombilic, godronnée et festonnée, analogue de forme, de décor et de couleurs à la coupe précédente. Sur l'ombilic, un évêque. Revers bleu gris décoré de palmettes en bleu lapis et jaune orangé, qui correspondent aux couleurs des godrons de l'intérieur. Milieu du XVIe siècle.

Diam., 28 cent.

(Collection du château de Langeais.)

71 — Fabrique de Castel-Durante. Plat creux,

dit drageoir. Dans la cavité centrale, un buste d'homme barbu et casqué, de profil à droite, modelé en bistre très pâle ombré de bleu lapis, se détache sur un fond jaune orangé vif. Sur le bord, deux dauphins ailés, deux pélicans et deux serpents à têtes de monstres, sont également modelés en bistre pâle ombré de bleu, sur fond d'un beau bleu lapis. Revers blanc légèrement rosé. Première moitié du XVIe siècle.

Diam., 23 cent.

72 — Fabrique d'Urbino. Coupe ronde sur pied bas. Buste d'homme casqué et cuirassé, de profil à droite ; derrière, une banderole blanche porte, écrit en bleu, le nom de RVGIERI. Trait du dessin en bleu. Chairs en bistre très pâle ombré de bleu lavé, le casque héroïque ailé est blanc rehaussé de bleu clair avec mascaron et ornements jaunes, collet bleu de deux tons, hausse-col blanc ombré de bleu, plastron jaune-roux et naissance des manches en vert clair. Fond bleu lapis sombre. Revers blanc légèrement rosé. Commencement du XVIe siècle. Cette coupe fait pendant à la suivante.

Diam., 21 cent.

73 — Fabrique d'Urbino. Coupe ronde sur pied bas. Buste de femme, de profil à gauche, coiffée d'un casque héroïque ailé, avec mascaron; derrière, en caractères bleus sur une banderole blanche le nom de PHILOMENA. Mêmes couleurs employées, même fond et même revers que dans la coupe précédente, qui fait pendant à celle-ci. Commencement du xvie siècle. Cette coupe provient de la collection Pourtalès, n° 1700 du catalogue, et ensuite de celle de M. Joseph Fau, qui possédait la coupe précédente, faisant le pendant de celle-ci. Elles sont gravées dans son catalogue de vente, n°s 15 et 16. (Mars 1884.)

Diam., 21 cent.

74 — Fabrique de Deruta. Plat creux à bord étroit et à reflets métalliques, avec ombilic au centre. Dans l'ombilic, un aigle héraldique éployé, circonscrit par une moulure saillante; le fond du plat est divisé par quartiers, de fleurs symétriques, séparés par des galons ou bandes; bord étroit décoré d'oves. Trait bleu, dessin en jaune chamois clair ombré de bleu, sur fond

blanc. Reflets en jaune métallique et en bleu. Revers d'émail blanc à filets concentriques en jaune métallique. Commencement du XVIe siècle.

Diam., 30 cent.

75 — Fabrique de Caffagiolo. Carreau ayant fait partie d'une frise. La décoration est formée d'une sirène et de dragons se terminant en rinceaux feuillagés, avec des amours, des paons et des vases peints en couleurs et se détachant sur un fond noir. Commencement du XVIe siècle.

Haut., 19 cent.; larg., 16 cent.

(Vente S. Goldschmidt.)

76 — Fabrique hispano-moresque. Grand plat, décoré de zones concentriques formées, chacune, de deux rangs de petites feuilles de lierre avec appendices filiformes, en jaune-brun métallique à reflets rouges, se détachant sur le fond d'émail blanc rosé ; au centre, un écusson bleu à reflets, chargé d'un citron en jaune métallique. Le revers est décoré d'un grand aigle éployé, de feuilles et de traits, le tout en jaune-brun à reflets rouges. XVe siècle. Les plats, décorés d'un aigle

qui occupe tout le fond ou tout le revers, passent pour provenir de la fabrique de Valence.

Diam., 45 cent.

77 — Fabrique hispano-moresque. Plat mi-parti de deux dessins différents. Une moitié est décorée d'un quadrillage bleu avec remplissage de petits cercles en jaune métallique à reflets · le décor de l'autre moitié est formé de plantes, séparées par des galons, le tout en jaune métallique, sur fond blanc laiteux. Au revers, des feuilles et rinceaux en jaune métallique. xve siècle. Décoration originale et rare.

Diam., 39 cent.

78 — Fabrique hispano-moresque. Petit plat à reflets de jaune métallique sur fond blanc rosé. Au centre, un dauphin, et, autour, sur toute la surface du plat, des zones concentriques formées de petites feuilles à appendices filiformes simulant un filet. Au revers, des feuilles de fougères et des rinceaux de traits déliés. Ce genre de décoration appartient à la fin du xve siècle.

Diam., 27 cent.

(Collection du château de Langeais.)

79 — Fabrique de Séville. Grand plat décoré d'une biche avec son faon et d'arbustes ; sur le bord, des fleurs formant rosaces, reliées par des rinceaux. Fond blanc rosé sur lequel le dessin se détache en bleu et jaune-roux métallique à reflets, posé en hachures. Revers blanc rosé. xviie siècle. fêlé

70 Picard

Diam., 42 cent.

80 — Fabrique persane. Carreau de revêtement, en forme d'étoile à huit pointes, décoré, au centre, d'une chèvre dans un buisson, en jaune-brun métallique à reflets rouges, sur fond blanc laiteux et, autour, d'une bordure en bleu et jaune-brun à reflets, sur fond blanc. xve siècle.

200 Arts décoratifs

Diam., 20 cent.

81 — Fabrique persane. Carreau de revêtement, en forme d'étoile à huit pointes, décoré de fleurs et de petites fleurettes vermiculées, réservées en blanc sur fond jaune-brun à reflets mordorés rouges ; au bord, une inscription en caractères persans, en jaune-brun à reflets, se détache sur

270

l'émail blanc de la faïence. Ancienne faïence de Perse du XVe ou du XVIe siècle, à reflets éclatants.

Diam., 31 cent.

(Vente Frédéric Fétis, de Bruxelles, faite à Paris en avril 1887, n° 263 du catalogue.)

82 — Bernard Palissy. Applique porte-lumière en faïence émaillée. Buste d'homme imberbe, en haut-relief, tenant de la main droite un porte-lumière et posant sur une console. Il est vêtu d'un pourpoint gris et d'une casaque violette avec col blanc rabattu; les carnations sont rosées et les cheveux bruns. Ce personnage est appliqué sur un fond ovale en hauteur, jaspé bleu, violet et vert.

Haut., 40 cent.; larg., 23 cent.

83 — Fabrique du Beauvoisis. Plat rond et creux en terre, à couverte d'émail vert translucide; le décor et les caractères gothiques des inscriptions sont modelés en relief; il porte la date de 1511. Au centre, le monogramme du Christ dans une gloire, entouré d'écussons séparés les

uns des autres par des lettres qui forment la légende AVE MARIA. Au pourtour, six autres écussons couronnés, dont trois aux armes de France, de France et Bretagne, de France et Dauphiné ; les autres portent divers symboles ; entre ces écussons, sous des portiques gothiques, le Christ en croix et les instruments de la passion. Au bord, une longue inscription latine circulaire et, à la fin, en français : FAIT EN DÉCEMBRE M V^{e} XI. Ces poteries, exécutées d'abord au tour, étaient ensuite décorées d'ornements obtenus dans des moules et rapportés sur la terre encore molle, ce qui permettait au fabricant de varier son décor et de rajeunir ses produits en changeant la date.

Diam., 36 millim.

BRONZES D'ART

84 — Statuette équestre de Jeanne d'Arc, en bronze. L'héroïne est en armure complète, à cheval à la manière des hommes, le corps incliné à gauche et un peu penché en avant. Le mézail

du casque est levé et laisse voir le visage. Elle tient de la main gauche la bride du cheval, qui est « le demi-coursier ou trottier » du temps, et tenait sa bannière de la droite. Sur la terrasse on lit, gravé en caractères de l'époque : *la Pucelle Dorliens*. Bronze français du XVe siècle. C'est ici vraisemblablement, une de ces représentations de la Pucelle, mentionnées dans l'article 52 de l'acte d'accusation du procès de condamnation de Jeanne d'Arc, que la vénération populaire plaçait dans les chapelles avec les images des saints. Cette statuette a fait longtemps partie de la collection de M. Carrand père. M. Vallet de Viriville, dans ses Recherches iconographiques sur Jeanne d'Arc (*Revue archéologique*, année 1855), après avoir décrit cette figure, dit : « Ce monument occupe à nos yeux le premier rang, quant à l'importance et à l'intérêt, parmi les représentations connues de la Pucelle. » Et plus loin : « On ne connaît, jusqu'à ce jour, aucun monument authentique auquel on puisse accorder le titre de portrait de Jeanne d'Arc. La statuette de M. Carrand, réunie aux renseignements historiques ou écrits, voilà le meilleur guide que l'on puisse recommander et le monument le plus précieux sous ce rapport. Si l'on en excepte cet unique ouvrage, les figures accréditées à différentes époques, sous cette dénomination, ne résistent point, comme on l'a vu, à l'analyse de la critique. »

Haut., 40 cent.; larg., 30 cent.

85 — BUSTES-APPLIQUES en bronze, en assez haut-relief, de profil et se regardant, du roi Louis XII et de la princesse Marie d'Angleterre, sa troisième femme. Louis XII, de profil à droite, coiffé d'un bonnet, ceint de la couronne royale et vêtu d'une robe plissée, porte le collier de Saint-Michel. Marie d'Angleterre, à gauche, la couronne en tête, sur une coiffe plissée, vêtue d'une robe brodée. Ces bronzes, appliqués sur marbre, sont dans deux cadres à moulures en bois peint et doré. XVIe siècle. Bronzes français, exécutés évidemment, en l'année 1514. Le mariage de Louis XII et de la princesse Marie d'Angleterre, sœur de Henri VIII, eut lieu le 9 octobre 1514 et le roi mourut le 1er janvier suivant. Trois mois après, la jeune reine épousait Charles de

Brandon, duc de Suffolk, et il n'est guère admissible que ces portraits aient été faits postérieurement à la mort du roi. L'artiste s'est évidemment inspiré de la médaille faite à Lyon, en 1499, à l'occasion de l'entrée dans cette ville de Louis XII et d'Anne de Bretagne.

Haut., 235 millim.

Cadres. Haut., 42 cent.; larg., 36 cent.

86 — Deux figures debout : Vénus et Adonis, se faisant pendants. Vénus, une draperie autour des reins, tient d'une main son miroir, et, de l'autre, s'appuie sur l'Amour qui, l'arc à la main, tire une flèche de son carquois. Adonis, drapé de même, tient de la main droite un épieu, et de la gauche la chaîne d'un chien qui est à ses pieds. Bronzes florentins du XVIe siècle, d'après Jean de Bologne.

Haut., 53 cent.

DINANDERIE

87 — Vase légèrement évasé à l'orifice et sur pied circulaire à nervures. Il est décoré en bas-relief,

au pourtour, d'un centaure, d'une sirène, d'un loup et d'un arbuste ; ces quatre sujets sont séparés les uns des autres par des colonnettes supportant une arcature. De chaque côté, une tête de lion ayant dans la gueule un anneau mobile. XIIe siècle. Patine claire. Pièce rare.

Haut., 20 cent.; diam., 13 cent. 1/2.

88 — Aquamanile ou aiguière, représentant un buste drapé de femme, posant sur trois petits pieds figurant des têtes de grenouilles. L'anse, ajourée, est formée par une natte de cheveux se terminant en tête de lézard ; le goulot fait saillie au milieu du front. XIIe siècle. Pièce curieuse, trouvée à Paris, dans la Seine. Patine noire. (Vente de la collection Julien Gréau, juin 1885, n° 1186 du catalogue. Gravé dans le *Dictionnaire archéologique*, de Victor Gay, t. I, p. 14.)

Haut., 22 cent. 1/2.

89 — Aquamanile ou aiguière en cuivre, ayant la forme d'un quadrupède chimérique. Autour du cou, en manière de large collier, sont rangées trois feuilles d'eau à fond strié, portant en relief

un ornement terminé à la base par un cabochon de cristal incolore enchâssé dans une alvéole ; deux autres petits cabochons en cristal forment les yeux du monstre. L'anse est attachée sur la nuque et la croupe de l'animal ; le goulot fait saillie dans la gueule. XIIIe siècle. Patine claire. (Collection du comte de la Béraudière, mai 1885, n° 403 du catalogue dans lequel cette pièce est gravée.)

Haut., 22 cent. 1/2 ; larg., 22 cent. 1/2.

90 — Aquamanile en cuivre, en forme de cheval nu et bridé. Le corps de l'animal est décoré de cercles gravés et striés ; l'anse, formée d'une sorte de serpent fantastique, est attachée sur la croupe et la nuque du cheval ; le goulot sort du front comme une corne. Sur le poitrail devait se trouver un robinet qui manque. XIVe siècle.

Haut., 28 cent. ; larg., 21 cent. 1/2.

91 — Paire de chandeliers à base circulaire et à gorge, décorés de dessins ajourés ; cette base porte, en caractères gothiques et sur deux lignes, l'inscription : ✠ Lan : m : cccc : xlii : dõna :

cez : chādelres : M : raoul : = ✠ moreau : M : estolle : de nantes : a ceste : p̄roisse : de saint : mars : du : desert : — La tige, à nœud, supporte une bobèche creuse à bord crénelé, avec pointe au centre. Ces chandeliers qui portent la date de 1442, ont été donnés, comme nous l'apprend l'inscription, à la paroisse de Saint-Mars du Désert, par un certain maître Raoul Moreau qui exerçait à Nantes les fonctions de « Maître Estolle ». Le maître Estolle, dit Du Cange (Gloss. au mot Stolus), était un officier préposé à la marine.

Hauteur, 24 cent. 1/2 sans la pointe.
Larg., à la base, 15 cent.

92 — Paire de chandeliers à base circulaire décorée de deux blasons, de rinceaux et de mascarons gravés ; cette base repose sur trois consoles en S et un balustre orné, terminé par la douille ajourée. Travail français de la première moitié du xvie siècle. (Deux familles normandes avaient comme armoiries trois serres ou pattes d'oiseaux posées 2 et 1 ; les seigneurs de Pollet, sur champ

de gueules ; et les Piedoue, seigneurs d'Héritot, Ernetot, etc., sur champ d'azur.)

Haut., 42 cent.; diam. à la base, 23 cent.

93 — Lustre composé de sept branches formées de rinceaux fleuronnés gothiques et d'oiseaux ; portant chacune deux bobèches avec pointes, ces branches partent d'un cône renversé sur lequel est un lansquenet tenant une longue épée et un bouclier, entre quatre pilastres qui soutiennent un dais conique avec anneau de suspension.

Haut., 65 cent.; diam., 80 cent. environ.

94 — Lustre formé de douze branches de rinceaux à fleurons gothiques avec bobèches et douilles ajourées, placées sur deux rangs, qui sortent d'un cône renversé à nervures et de fuseaux portant un animal et l'anneau de suspension. Au centre, la Vierge debout, portant l'Enfant. xve siècle.

Haut., 65 cent.; diam., 50 cent. environ.

95 — Vasque en cuivre à panse renflée et à gorge, avec anse mobile à têtes de reptiles. La décoration, gravée en réserve sur fond strié, se compose de cariatides, de fleurettes, de rinceaux, etc. ; elle couvre entièrement l'extérieur et le dessous de la vasque. xve siècle. Travail italien.

Haut., 14 cent.; diam., 23 cent.

MÉDAILLES

96 — Bronze doré. Charles-Quint, en buste et en assez haut-relief, de profil à gauche. Il est représenté jeune, imberbe, coiffé d'un grand chapeau et vêtu d'une robe à large collet de fourrure, avec le collier de la Toison d'Or au cou. Le buste pose sur une terrasse. Autour la légende : KAROLVS · DEI · GRĀ · ROMANORVM · IMP · HISPANIARV̄ · REX. xvie siècle. Portrait-médaillon de travail allemand, en bronze fondu, ciselé et doré. Cette médaille a été exécutée à l'époque de l'avènement de Charles-Quint à l'Empire, en 1519.

Diam., 104 millim.

(Vente Malinet, n° 8 du catalogue.)

97 — Argent. Frédéric-Guillaume, duc de Saxe, à cheval et marchant à gauche. Il porte une riche armure avec casque à lambrequin et tient son fanion aux armes de Saxe ; sur le caparaçon du cheval, l'aigle impérial. Au-dessus du duc, l'écusson de Thuringe ; à droite et à gauche ceux de Henneberg et de Misnie. Sous le cheval, la date 1586. Une large frise entoure le personnage, la moitié inférieure est décorée d'un chapelet de dix écussons armoriés, et la moitié supérieure contient la légende : DEI · GRATIA · FRIDERICVS · WILHELMVS · DVX · SAXONIÆ · LANDGRAVIVS · THVRINGIÆ · MARCHIO · MISNIÆ · ET · PRINCEPS · HENNEBERGENSIS. (Par la grâce de Dieu, Frédéric-Guillaume, duc de Saxe, landgrave de Thuringe, marquis de Misnie et prince de Henneberg.) Médaillon en argent, fondu, ciselé et doré, de travail allemand. Frédéric-Guillaume, duc de Saxe, né en 1562, succède à son père en 1573, meurt en 1602. (Vente Malinet. — Voir Catalogue du Musée du Louvre : Notice des objets de bronze, etc. C. 128.)

Diam., 85 millim.

98 — Bronze. Louis XII, en buste, de profil à droite, dans un champ fleurdelisé. Le roi est coiffé d'un bonnet ceint de la couronne royale et il porte, sur sa robe, le collier de saint Michel. Légende : ✝ FEL'CE · LUDOVICO · REGNÂTE · DVODECIMO · CESARE · ALTERO · GAUDET · OMNIS · NACIO. ℟ Anne de Bretagne, en buste, de profil à gauche, dans un champ parti d'hermine et de fleurs de lis. La reine porte la couronne sur sa coiffe bretonne et sur la robe un collier. Légende : ✝ LUGDUN · RE · PUBLICA · GAVDETE · BIS · ANNA · REGNANTE · BENIGNE · SIC · FVI · CONFLATA · 1489. A l'exergue, sur les deux faces, un lion rampant. Médaille exécutée à Lyon en l'année 1499, lors de l'entrée dans cette ville du roi Louis XII et de la reine Anne de Bretagne, après leur mariage. Celle-ci, qui a 113 millimètres de diamètre, est du plus grand module connu.

Diam., 113 millim.

(*Voir Chabouillet, Catalogue du Cabinet des médailles, p. 478.*)

99 — BRONZE. Catherine de Médicis, en buste, de trois quarts à gauche. Elle porte la coiffe de veuve, une collerette tuyautée, et, sur sa robe montante, une amulette suspendue à un ruban. Légende : KATHARI · REGIN · HENRII · VXOR · FRANCI · CAROL · ET · HENR · REGVM · MATER. Sans revers. XVIe siècle. Grand médaillon attribué à Germain Pilon. Catherine de Médicis, morte le 5 janvier 1589, âgée de près de soixante-dix ans, est représentée ici dans les dernières années de sa vie.

Diam., 165 millim.

100 — BRONZE DORÉ. Bustes superposés de Henri IV et de Marie de Médicis, de profil à droite. Le roi a la tête nue et porte une riche armure, le cordon du Saint-Esprit et une écharpe ; sous le bras la date de 1603 · G · DVPRE · F. Légende : HENR · IIII · R · CHRIST · MARIA . AVGVSTA. ℞ Le roi et la reine, représentés debout, l'un en Mars, l'autre en Pallas, se donnent la main et, entre eux, leur jeune fils (Louis XIII), le pied posé sur un dauphin et coiffant le casque de Mars ; un aigle descend

des cieux lui apportant une couronne. Dessous : 1603. Légende : PROPAGO · IMPERI · Belle épreuve, avec bélière. C'est la médaille commémorative de la naissance du Dauphin, exécutée par Guillaume Dupré. Le célèbre artiste commença à modeler sa médaille en 1601, mais elle ne fut terminée que le 28 juillet 1603, jour où il la présenta au roi. (Voir Catalogue du Musée du Louvre : Notice des Bronzes, etc. N° 151. Trésor de Numismatique, 2e partie, p. 3.) Guillaume Dupré répéta cette médaille en 1605, mais dans un plus grand module et avec des changements.

Diam., 68 millim.

101 — Or. Louis XIII en buste et de profil à droite. Il est imberbe, tête nue, porte une riche armure, une collerette tuyautée et l'écharpe. Sous le bras, la signature G. DVPRE. Légende : LVDOVIC · XIII · D · G · FRANCOR · ET · NAVARÆ · REX. ℟ La Justice, assise et tournée à droite, tenant de la main droite une épée et de la gauche des balances. A l'exergue, la date 1623. Légende : VT · GENTES · TOL-

LAT · QVE · PREMAT · QVE. Les exemplaires en or des médailles de Dupré sont excessivement rares. Louis XIII est représenté ici à l'âge de vingt-deux ans.

Diam., 62 millim.

OBJETS ORIENTAUX EN CUIVRE

102 — Chandelier de mosquée en cuivre, gravé et damasquiné d'argent, à base en forme de cône écimé, fût et douille cylindriques. Sur la base, une zone horizontale formée d'une inscription et de petits médaillons au milieu d'arabesques ; le fût et la douille sont décorés d'arabesques. xve siècle. Travail persan.

Haut., 39 cent.; diam. à la base, 32 cent. 1/2.

103 — Grand plateau arabe, circulaire et à bord étroit, richement gravé et damasquiné d'argent. La décoration est formée de zones concentriques qui renferment : une inscription en grands caractères arabes, des cavaliers en action de

chasse, des animaux, quadrupèdes et oiseaux, des rosaces, des entrelacs, etc., le tout entremêlé d'arabesques qui couvrent entièrement le fond et le bord du plateau. XIIIe siècle. Riche décoration.

Diam., 69 cent.

104 — AIGUIÈRE en cuivre. La panse à godrons droits ornés de feuilles dans le bas, séparées les unes des autres par des nervures ; le col est décoré de petites feuilles gravées; couvercle à godrons et goulot droit à canaux, L'anse est formée d'un animal fantastique à écailles gravées. Travail persan, XVIe siècle.

Haut., 29 cent.

OBJETS VARIÉS

105 — BAISER DE PAIX, en cuivre fondu et ciselé, représentant le Saint-Esprit, les ailes éployées et couronné de trois plumes. Une poignée mobile est placée derrière. Patine verte, travail très ancien, probablement antérieur au XIe siècle.

Haut., 76 millim.; larg., 62 millim.

106 — Ceinture en cuivre, formée de dix pièces, assez étroites, de huit centimètres chacune de longueur et reliées les unes aux autres par des charnières. Ces pièces sont faites de deux bandes de métal superposées et décorées d'ornements repercés à jour. xive siècle.

Long., 80 cent.; haut., 1 cent. environ.

107 — Coffret rectangulaire en largeur, à couvercle bombé, en bois recouvert de cuir ciselé, ayant conservé de nombreuses traces de couleurs et de dorure. xive siècle. Travail français. On y voit un gentilhomme et une dame, évidemment celle à laquelle le coffret est destiné, des sauvages velus armés de massues, des paladins montés sur des griffons et au-dessous la légende du bon du ♡ (du bon du cœur) ; sur la face postérieure on lit, en grands caractères rouges : mon ♡ aues (mon cœur avez) ; des fleurettes décorent les côtés et un large ruban enroulé encadre les panneaux. La décoration est dans le goût de l'époque, avec de naïfs rébus. On y voit le chevalier paladin monté sur un griffon fantastique allant « du bon du cœur », délivrer

la dame que les sauvages sorciers retiennent prisonnière et qui, du fond de sa prison, dit à son chevalier : « mon cœur avez ».

Haut., 20 cent. ; larg., 17 cent.

108 — Coffret vénitien, de forme rectangulaire en largeur, couvercle à rampants et plate-forme, avec poignée en cuivre doré, formée de chimères affrontées. Il est en bois, décoré de moulures qui encadrent des sujets peints dans des médaillons et des nymphes, se détachant sur un fond couvert de jolies arabesques dorées. L'intérieur, divisé en compartiments, est garni de son ancienne étoffe de soie soutachée d'or. Première moitié du XVIe siècle. Coffret à bijoux d'une conservation parfaite.

Haut., 21 cent.; long., 42 cent.; larg., 30 cent.

109 — Bas-relief ciselé, quadrangulaire en largeur, en fer repoussé et richement damasquiné d'or et d'argent. Le sujet principal, circonscrit dans un cartouche ovale décoré de mascarons, représente la victoire des Hébreux sur les Assyriens, après la mort de leur général Holo-

pherne, qui assiégeait la ville de Béthulie. Des cavaliers juifs, sortis de la ville, s'emparent du camp des ennemis ; à droite, on voit Judith mettre la tête d'Holopherne dans un sac, et cette même tête se voit encore suspendue à une des tours de la ville. Dans les angles du haut, des guerriers captifs et des armes de toutes sortes, dépouilles des Assyriens ; en bas, deux animaux fantastiques. Encadrement d'arabesques et de petits médaillons damasquinés. Première moitié du XVIe siècle. L'artiste, vraisemblablement Milanais, a employé avec beaucoup d'art, dans l'exécution de ce bas-relief, tous les genres de travaux auxquels le fer pouvait être soumis. (Pièce gravée et décrite dans *la Gazette des Beaux-Arts*, année 1878).

Haut., 34 cent.; larg., 45 cent.

110 — VERRE PEINT, dit églomisé. Tableau rectangulaire en hauteur, représentant l'Amour et Psyché dans le palais enchanté que le dieu a fait construire pour sa maîtresse. Le petit dieu, debout sur une sorte d'autel, enlace de son bras le cou de Psyché ; dans le fond, des amours

travaillent à la décoration intérieure encore inachevée ; çà et là, sur le sol, des bustes de marbre. XVIe siècle. Peinture italienne d'assez grande dimension, avec emploi d'or et de paillons qui lui donnent beaucoup d'éclat. Cadre en bois sculpté, peint et doré, de style italien du XVIe siècle.

Verre. Haut., 255 millim.; larg., 195 millim.
Cadre. Haut., 55 cent.; larg., 40 cent.

111 — Bande en largeur, brodée en soie et or sur fond de velours rouge et encadrée d'un galon d'or. La décoration consiste en trois médaillons circulaires, renfermant chacun une figure de saint ou de sainte, et reliés par des rinceaux. XVIe siècle. Travail espagnol. 100/410

Haut., 19 cent.; larg., 1 m. 30 cent.

112 — Paire de landiers en fer, dont la base, en arc de cercle vertical et à rinceaux, supporte une tige à crochet, gravée et terminée par des boules de cuivre. XVe siècle. 400/360 Ormont

Haut., 65 cent.

112 bis - autre paire de landiers en fer 150 Ormont

MEUBLES ET BOISERIES

113 — Pied de lutrin en bois de chêne. Un fût, posé sur des patins, supporte quatre colonnettes torses sculptées, dont l'ornementation diffère ; au-dessus, une tablette carrée avec trou au centre. xve siècle. Cet objet peut servir de socle à une statuette.

Haut., 1 m. 13 cent.

114 — Porte d'intérieur, sculptée, en bois de chêne. Le vantail est décoré, dans sa partie supérieure, de la salamandre entourée de flammes et surmontée de la couronne royale fermée de François Ier ; ce panneau, en losange, est encadré d'une moulure et cantonné de quatre fleurons ; le bas du vantail à compartiments. Les chambranles, formés de pilastres sculptés, supportent la corniche. Première moitié du xvie siècle.

Haut., 2 m. 65 cent.; larg., 1 m. 50 cent.

115 — Armoire à pans coupés, ouvrant à deux vantaux. Elle est formée de quatre panneaux

sculptés, en bois de noyer, sur chacun desquels est la figure en pied d'un Évangéliste tenant un rouleau déployé ; les costumes diffèrent. Ces figures, de 70 centimètres environ de hauteur, sont placées sous des portiques gothiques. xve siècle. Sculpture française.

Panneaux : Haut., 1 m. 18 cent.; larg., 45 cent.
Meuble : Haut., 1 m. 45 cent.; larg., 1 m. 60 cent.

116 — Cabinet espagnol en bois sculpté, de forme rectangulaire en largeur, ayant seize tiroirs de différentes formes, dont la décoration variée se compose de mascarons, de grotesques et d'animaux se terminant en rinceaux capricieux. Le corps du cabinet pose sur son support à colonnettes et à mascarons. Première moitié du xvie siècle.

Haut., 61 cent.; larg., 98 cent.
Avec le pied : Haut., 1 m. 46 cent.

117 — Grande armoire en bois de noyer, ouvrant à deux vantaux, sculptés en bas-relief, décorés de six sujets tirés de la mythologie. Trois

montants sculptés supportent une frise à rinceaux et la corniche. Fin du XVIe siècle.

Haut., 2 m. 10 cent.; larg., 67 cent.

118 — Armoire en bois de chêne, avec porte, pilastres et panneaux sculptés. Exhaussée sur un socle, elle forme meuble à hauteur d'appui. XVIe siècle.

Hauteur totale, 1 m. 5 cent.; larg., 4 m. 93 cent.

119 — Bas de meuble à deux corps, en bois de noyer sculpté, formant meuble à hauteur d'appui, décoré de figures et d'ornements. XVIe siècle.

Haut., 1 mètre; larg., 1 m. 5 cent.

120 — Miroir biseauté, rectangulaire en hauteur. Cadre italien, du XVIe siècle, en bois sculpté et rehaussé de dorure. XVIe siècle.

Haut., 1 m. 10 cent.; larg., 81 cent.

121 — Cadre rectangulaire en bois, à fortes moulures dorées, et décoré de rinceaux se détachant

en or sur un fond bleu. Un second cadre, mais plus petit, de même décor, vient s'emboîter dans le premier. XVIe siècle.

Haut., 45 cent.; larg., 42 cent.

122 — CINQ PANNEAUX en hauteur, sculptés et décorés de grotesques, de rinceaux et d'ornements, qui diffèrent sur chaque panneau. XVIe siècle. Travail espagnol.

Haut., 95 cent.; larg., 20 cent.

123 — FRISE ou panneau en largeur, en bois sculpté, décorée de cariatides et de grotesques se terminant en rinceaux. XVIe siècle. Cette frise fait partie de la même suite que les cinq panneaux précédents.

Haut., 20 cent.; larg., 85 cent.

124 — FAUTEUIL d'ameublement civil, en bois de noyer, avec des parties en mosaïque de bois à fleurs. Bras à volutes et pieds reliés par des traverses. Dossier et coussin garnis en velours

de Gênes du XVIe siècle, à dessin vert. XVIe siècle.

Haut., 1 m. 12 cent.

125 — Fauteuil en X, en bois de noyer. Le dossier, le siège et le coussin recouverts en velours du XVIe siècle, à petit dessin vert et jaune. XVIe siècle.

Haut., 86 cent.

126 — Chaise haute et à accotoirs, de forme dite caqueteuse, en bois de noyer. Le dossier est décoré d'un portique sculpté, surmonté d'une coquille. Les accotoirs sont formés de lignes droites brisées et soutenus par des balustres. Les pieds, en balustres, sont reliés dans le bas par des traverses. XVIe siècle.

Haut., 1 m. 30 cent.

127 — Cinq chaises dont les dossiers sont recouverts en cuir frappé et doré ; les pieds sont reliés par des traverses. Elles sont garnies de clous de cuivre avec franges de soie verte. XVIIe siècle.

Haut., 90 cent.

128-129 — Deux vitrines plates en cuivre noirci, garnies à l'intérieur en velours rouge, et sur tables en bois noir.

Larg., 90 cent.; prof., 70 cent.

www.ingramcontent.com/pod-product-compliance
Ingram Content Group UK Ltd.
Pitfield, Milton Keynes, MK11 3LW, UK
UKHW020342180726
13839UKWH00002B/865